Gilbert **Delahaye** ◆ Marcel **Marlier**

martine

fait du camping

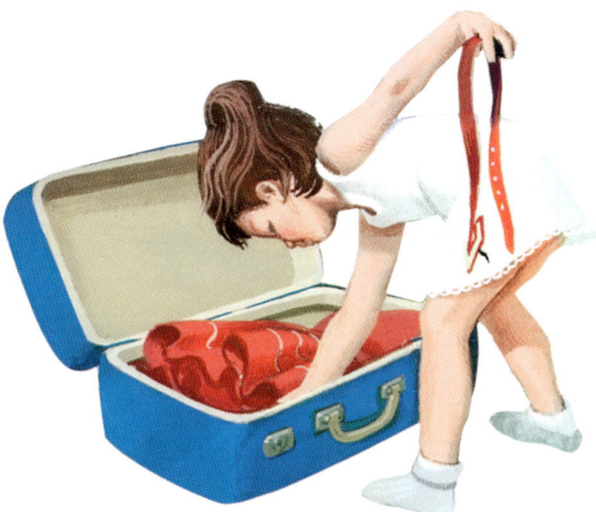

casterman

• Découvre les personnages de cette histoire •

Martine

Joyeuse et curieuse, Martine adore s'amuser avec ses amis et son petit chien Patapouf. Ensemble, ils découvrent le monde et vivent de véritables aventures. Une chose est sûre : avec Martine, on ne s'ennuie jamais !

Agathe

Agathe est la grande sœur de Juliette. Elles habitent avec leurs parents dans une ferme à la campagne. C'est un plaisir de s'amuser avec Martine et Jean quand ils sont de passage !

Juliette

C'est la petite sœur. Si elle connait bien la nature et les animaux de la ferme, elle n'a jamais campé. Alors, quand la famille de Martine installe sa tente, quelle excitation !

Jean

C'est le petit frère de Martine. Avec Jean, Martine se sent grande, et ça lui plaît beaucoup. En plus, tous deux s'entendent à merveille. Être grande sœur, c'est le bonheur !

Patapouf

Ce petit chien est un vrai clown !
Il fait parfois des bêtises…
mais il est si mignon que Martine
lui pardonne toujours !

Cet été, Martine et Jean vont faire du camping avec leurs parents.

– On approche… annonce papa.

– D'après la carte, dit Martine, il faut prendre la prochaine route à gauche.

– Celle-là ! crie son frère tout excité.

Les enfants ont tellement hâte d'arriver !

La voiture entre dans un joli village. Il y a une école, une église et des maisons autour de la place du marché.

– Bonjour monsieur, dit le père de Martine à un passant. Où se trouve la rivière, s'il vous plaît ?

– Nous avons prévu d'y camper, explique la maman.

– Prenez le pont après la ferme blanche, et vous y serez ! Bonnes vacances !

Le monsieur avait raison… voici la rivière !

– Chouette ! se réjouit Martine. On va camper au bord de l'eau !

Les parents déchargent les bagages pendant que Jean s'occupe de la tente.

– Il fait chaud ! constate Martine. En robe, je serai plus à l'aise pour planter les piquets…

Patapouf, quant à lui, a déjà repéré le pique-nique…

Ça y est ! La tente est montée.

– Une vraie petite maison ! s'émerveille Martine.

– On peut entrer ? demandent deux voix à l'extérieur.

Martine passe la tête : ce sont Agathe et Juliette, les filles de la ferme voisine, qui ont vu les campeurs s'installer.

– Bien sûr ! Venez voir…

Les filles ouvrent de grands yeux curieux.

– Vous avez de la chance ! s'exclame Agathe.

– Ce matelas, c'est ton lit ? demande Juliette.

– Oui, et il est très confortable… Pas vrai, Patapouf ?

« Ouaf ! Ouaf ! » approuve-t-il en s'allongeant près de sa maîtresse.

C'est certain, Martine et son petit chien se sentent déjà comme chez eux !

– Un peu de musique ? propose Jean.

– Bonne idée ! s'exclament les filles en s'installant sur l'herbe.

Martine aide son frère à faire marcher une petite radio.

– Elle appartenait à maman quand elle était jeune, explique la fillette.

Le modèle est vieux mais il fonctionne toujours !

– Qu'est-ce qui vous ferait plaisir ? demande Jean.

– Une comptine ?

– Moi, j'adore les chansons qui donnent envie de danser !

Mais la danse tourne vite… au grand fou-rire !

– Qui veut faire un concours de galipettes ? demande Martine en s'élançant.

– Je préfère jouer à saute-moutons, réplique Jean. Prête, Agathe ? Un, deux… TROIS !

Le mieux, à la campagne, c'est qu'on peut s'amuser dans la nature…
Martine adore observer les plantes, les animaux et même les insectes.
– Ces papillons sont magnifiques… murmure-t-elle. Si seulement, je pouvais les attraper pour les regarder de plus près !
Justement, l'un d'eux se pose sur une fleur... Martine s'approche doucement, tend les mains… Trop tard, il s'est envolé !

– Les enfants ! appelle papa. C'est l'heure de déjeuner !

Martine prépare le pique-nique avec ses parents. Elle aide sa mère à disposer une nappe dans l'herbe, pendant que son frère va remplir la cruche d'eau. Le garçon a tellement soif qu'il boit quelques gorgées directement à la fontaine. Ça fait du bien !

Il fait si bon au soleil !

La famille s'installe pour déguster le repas…

Il y a de la soupe, que maman a apportée dans un Thermos, du pain et des fruits bien sucrés.

– C'est délicieux ! s'exclament Jean et Martine.

Perchés sur une branche, des rouges-gorges les observent.

« Pourvu qu'ils nous laissent quelques miettes ! » pensent-ils.

Après le déjeuner, les enfants font une promenade en barque avec leur papa.

– Comme l'eau est claire… s'émerveille Martine. Je vois plein de poissons qui nagent entre les nénuphars !

– Ils devraient se méfier… commente son frère en apercevant un pêcheur. Ou ils finiront au bout d'un hameçon !

Le lendemain matin, aux premiers rayons du soleil…

COCORICO !

C'est le coq de la ferme, qui s'est perché sur le toit de la voiture !

Quel rude réveil !

Des gémissements s'élèvent de la tente :

– Hein ? Il faut déjà se lever ?

– Il n'est que six heures… Je veux encore dormir !

– Chut !

Patapouf, lui, est réveillé depuis longtemps. Pendant que sa petite maîtresse se rendort, il va gambader dans l'herbe luisante de rosée.

« Ouaf ! Ouaf ! » jappe-t-il en pourchassant un lapin.

Il voudrait le rattraper, mais le petit animal est trop rapide.

Un, deux, trois bonds… et il disparaît dans son terrier !

Impossible de dormir avec un tel remue-ménage… Mieux vaut se lever !

– Si on allait chercher le lait ? propose Martine. Puis on pourrait aider un peu le fermier à nourrir les animaux. Non, petit hérisson, mon pot est vide. De toute façon, la fermière dit que le lait de vache est mauvais pour ta santé.

De retour de la ferme, Jean fait sa toilette au bord de la rivière, pendant que Martine nettoie la robe de sa poupée.

Mais Patapouf, lui, ne pense qu'à jouer. Ni une ni deux, il saute à l'eau.

Plouf!

– Heureusement que j'ai apporté une serviette, s'esclaffe Juliette.

Il faudra bien le sécher pour qu'il ne s'enrhume pas!

– Et nous aussi… nous voilà tout éclaboussés! soupire Martine.

Mais Patapouf est toujours en pleine forme ! D'ailleurs, il enchaîne les bêtises…

À peine sorti de la rivière, il se précipite vers le veau de la ferme.

Les enfants se lancent à sa poursuite.

– Arrête, Patapouf ! crie Martine. Tu lui fais peur !

– Le voilà qui s'enfuit, s'inquiète Jean. Vite, il faut le rattraper.

Empêchez-le de courir vers la route !

– Stop ! crie Juliette, essoufflée.

Jean utilise comme lasso la corde qu'il a trouvée, et la lance pour attraper le veau.

– Je le tiens ! s'écrie-t-il.

Les enfants doivent ensuite pousser l'animal et tirer sur la corde pour le faire avancer.

– Eh bien ! conclut Martine quand ils sont rentrés à l'étable, les vacances en camping, ce n'est pas de tout repos !

Retrouve **martine** dans d'autres aventures !

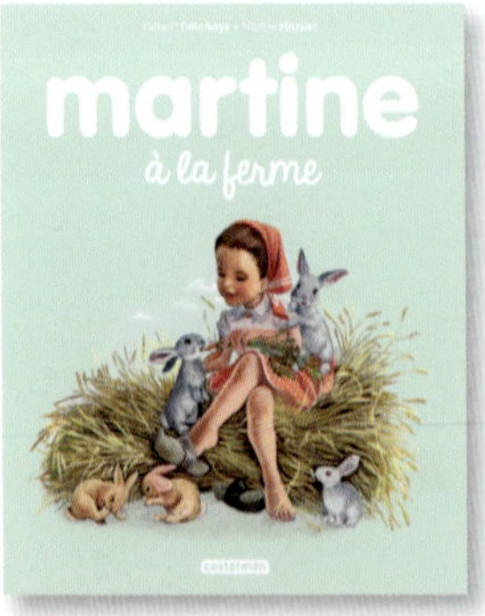

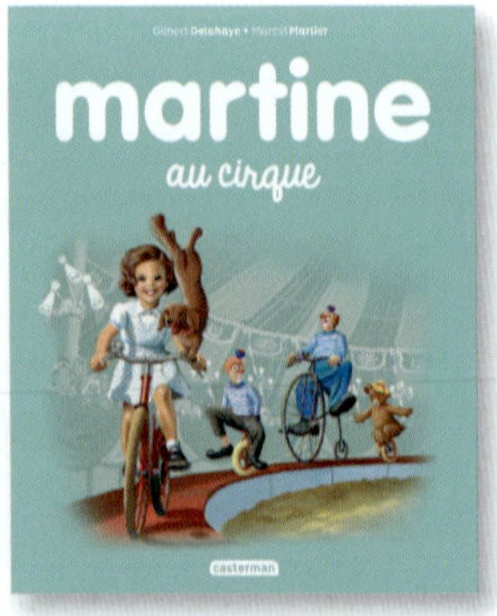

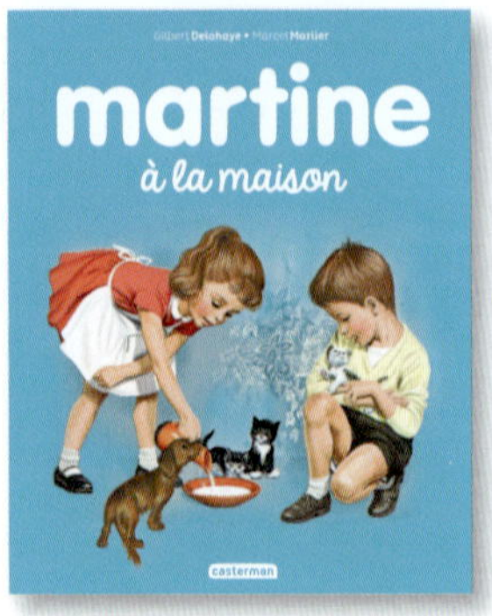

martine garde son petit frère
martine fête son anniversaire
martine jardine
martine fait du vélo
martine petit rat de l'opéra
martine à la fête des fleurs
martine fait la cuisine
martine apprend à nager
martine est malade
martine en vacances
martine prend le train
martine fait de la voile
martine fête maman
martine à l'école
martine découvre la musique
martine a perdu son chien

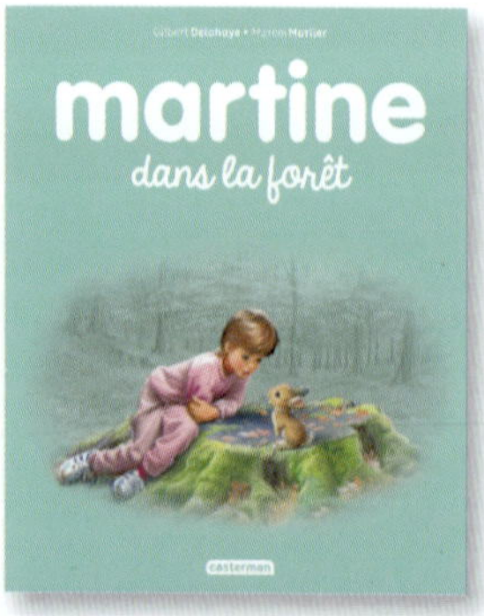
Gilbert Delahaye • Marcel Marlier
martine
dans la forêt
casterman

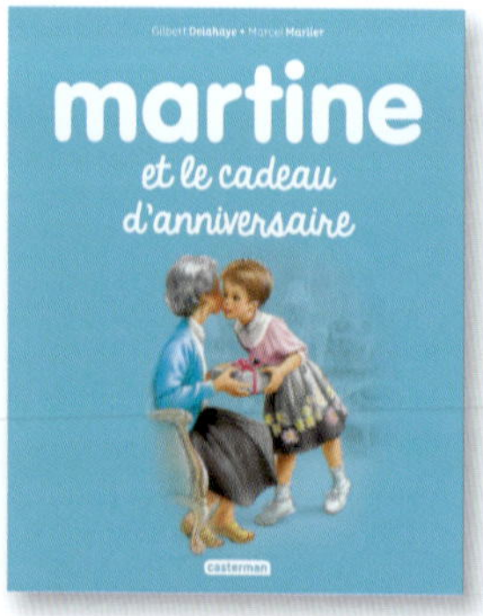
Gilbert Delahaye • Marcel Marlier
martine
et le cadeau d'anniversaire
casterman

Gilbert Delahaye • Marcel Marlier
martine
un mercredi pas comme les autres
casterman

Gilbert Delahaye • Marcel Marlier
martine
la nuit de Noël
casterman

Gilbert Delahaye • Marcel Marlier
martine
se déguise
casterman

Gilbert Delahaye • Marcel Marlier
martine
et les lapins du jardin
casterman

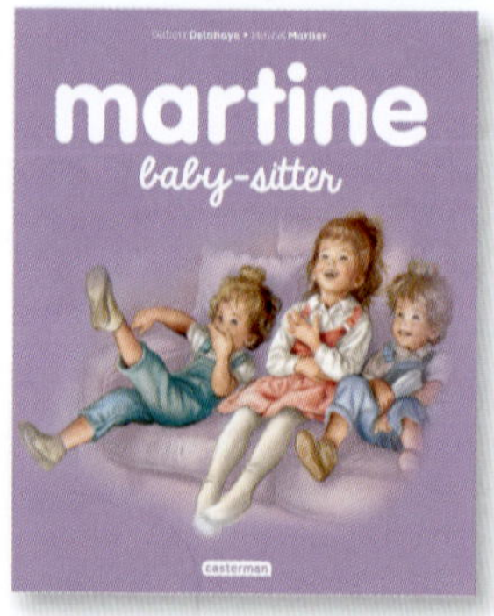
Gilbert Delahaye • Marcel Marlier
martine
baby-sitter
casterman

Gilbert Delahaye • Marcel Marlier
martine
au pays des contes
casterman

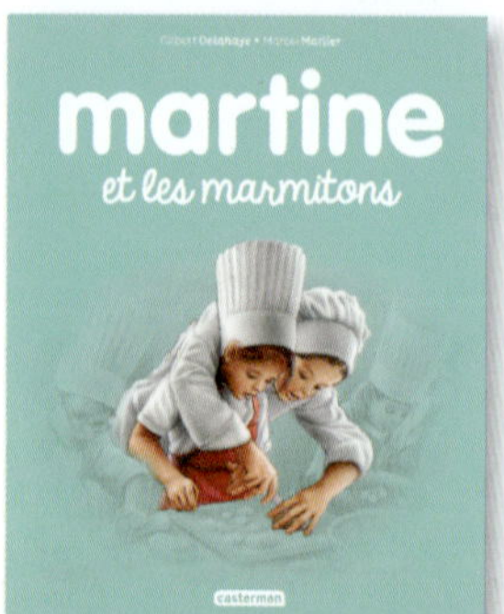
Gilbert Delahaye • Marcel Marlier
martine
et les marmitons
casterman

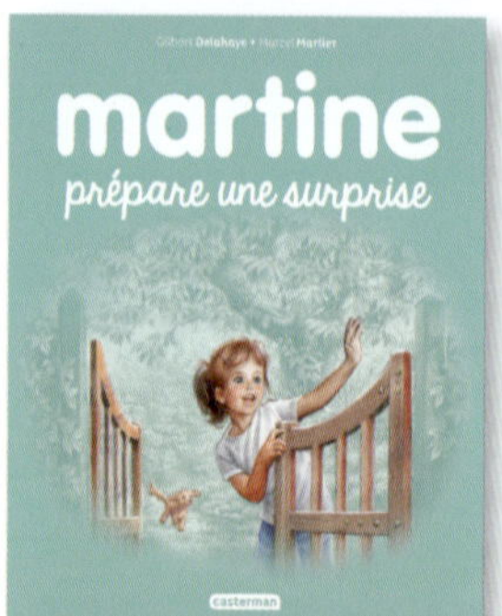
Gilbert Delahaye • Marcel Marlier
martine
prépare une surprise
casterman

Gilbert Delahaye • Marcel Marlier
martine
l'arche des animaux
casterman

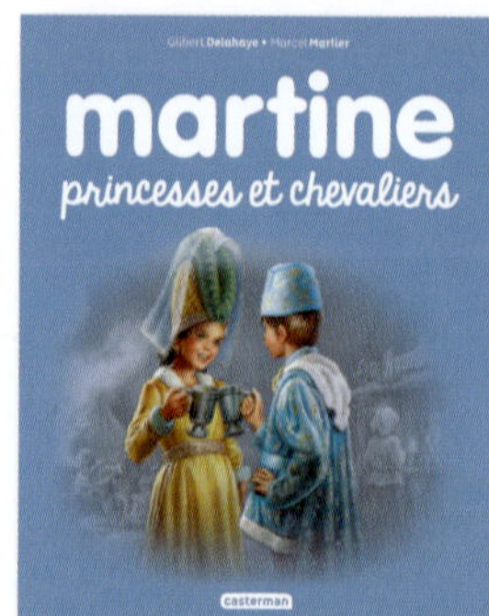
Gilbert Delahaye • Marcel Marlier
martine
princesses et chevaliers
casterman

Gilbert Delahaye • Marcel Marlier
martine
et les fantômes
casterman

Gilbert Delahaye • Marcel Marlier
martine
un amour de poney
casterman

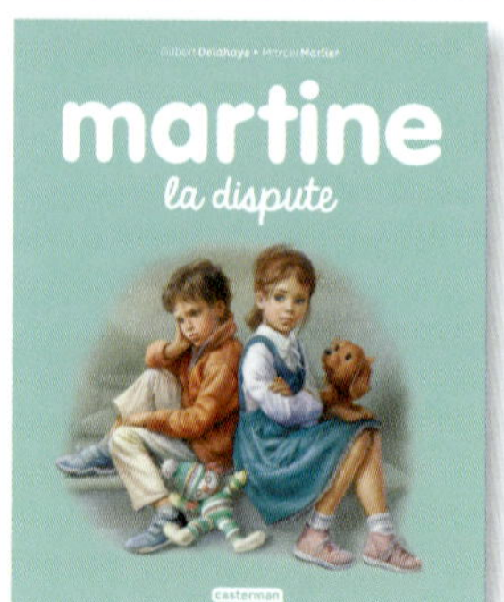
Gilbert Delahaye • Marcel Marlier
martine
la dispute
casterman

Gilbert Delahaye • Marcel Marlier
martine
drôle de chien !
casterman

Casterman
Cantersteen 47
1000 Bruxelles

www.casterman.com

ISBN : 978-2-203-12555-1
N° d'édition : L.10EJCN000585.N001

D'après les albums de Gilbert Delahaye et Marcel Marlier.
Achevé d'imprimer en décembre 2016, en Italie.
Dépôt légal : mars 2017 ; D.2017/0053/79
Déposé au ministère de la Justice, Paris (loi n°49.956
du 16 juillet 1949 sur les publications destinées à la jeunesse).